Chouette
Je réussis !

4e | 3e
13-15 ans

W0252918

Résoudre des équations

Isabelle Lemoine
Mylène Salvan

Hatier

FORCE 1

1 Simplifier une expression

Observe et retiens

- Pour **simplifier l'écriture des produits** :
  - on n'écrit pas toujours le × lorsqu'il est **devant une lettre** ou **devant une parenthèse** (mais tu pourras avoir à le réécrire pour calculer une expression) ;
  - on utilise les **notations puissances** : $a \times a = a^2$ $a \times a \times a = a^3$

EXEMPLES

L'écriture simplifiée...	$8xy$	$a^3(4 + 2b^2)$
signifie	$8 \times x \times y$	$a \times a \times a \times (4 + 2 \times b \times b)$

- Pour **supprimer des parenthèses précédées d'un signe + ou d'un signe –** :

Parenthèses précédées de +
↓
Tu peux les **supprimer**.
$7m + (-3n + 2p - 4)$
$= 7m - 3n + 2p - 4$

Parenthèses précédées de –
↓
Pour soustraire une expression entre parenthèses, **additionne l'opposé** de chaque terme.
$2 + r - (4s - 7 + 5t) = 2 + r - 4s + 7 - 5t$

- Pour **réduire une expression**, repère les termes ayant la **même partie littérale**, afin de les additionner.

EXEMPLES

$A = 5a + 3b - 2c - 3a + 4b - 5c$
$= (5a - 3a) + (3b + 4b) + (-2c - 5c)$
$= 2a + 7b - 7c$

$B = x^2 - 10x + 7 + 6x - 4x^2 + 3$
$= (1x^2 - 4x^2) + (-10x + 6x) + (7 + 3)$
$= -3x^2 - 4x + 10$

Les parties littérales des termes sont différentes, donc on ne peut plus réduire.

REMARQUES
- On a : $x^2 = 1 \times x^2$.
- Écris les termes dans l'ordre **alphabétique** ou **décroissant des exposants**.

1 Écris les signes × sous-entendus.

$3ab + 2c$	$4(x - 3)$	$7a(5a - 8b)$	$2xy(6x - 1)(7x + 3)$
=	=	=	= ....

.... / 4

2 **Simplifie davantage les produits, en t'aidant de l'exemple.**

EXEMPLE $3x \times 5y = 3 \times x \times 5 \times y = 3 \times 5 \times x \times y = 15xy$

$7a \times 3b =$ ....

$2x \times 4x^2 =$ ....

$5xy \times 3z =$ ....

$(5x)^2 = 5x \times 5x =$ ....

$2x^2 \times 3y \times 4x \times 5xy =$ .... / 5

3 **Supprime toutes les parenthèses.**

$A = 12 + (a^2 - 2a + 3b) + (-5b^2 + 4c) =$ ....

$B = 3x - (2y - 4t + 7) =$ ....

$C = r^2 - (2s - 3t^2) - (-4r + 3s^2) =$ ....

> Repère le signe qui précède les parenthèses, et applique la règle correspondante.

$D = 10x^2 - (2x + 7a) + (3b - 4c) - (-5 - 6y) + (-8w - d)$

$D =$ .... / 4

4 **Réduis les expressions suivantes.**

$E = 2x + 3y - 4x + 7y - 5 =$ ....

$F = 12xy + 4x - 7xy - x + 3y =$ ....

$G = a^2 - a - 2 + 3a^2 + 9a - 7 =$ ....

> Repère les parties littérales des termes avant de les additionner.

$H = 5a^2 + 2{,}5ab - 7{,}5b - 12{,}5ab + 10b$

$H =$ .... / 4

5 **Exprime le périmètre de la figure ci-contre à l'aide d'une expression simplifiée.**

$\mathcal{P} =$ ....

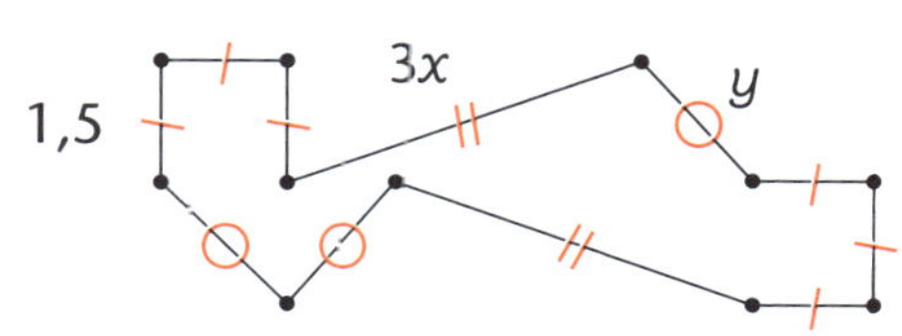

.... / 1

6 **Trouve l'expression simplifiée de *K* et de *L* parmi les propositions.**

- $K = x \times 5y + (2x - 3y^2) - (2y \times 2x + 5x) + (3y)^2$

❑ a) $7x + xy + 6y^2$ ❑ b) $-3x + xy + 6y^2$ ❑ c) $7x + xy$

- $L = 15m - [(-5m)^2 - (m \times 3m + 1) + (4 - m)]$

❑ a) $-22m^2 + 16m - 3$ ❑ b) $22m^2 + 14m + 3$ ❑ c) $-22m^2 + 16m - 5$

> Aide-toi d'un brouillon.

.... / 2

Le total de mes points est .... / 20

FORCE 1

2 Calculer une expression

Observe et retiens

- Pour calculer une expression, remplace **chaque lettre par sa valeur**, puis effectue les calculs en respectant les **priorités opératoires**.

Priorités opératoires

↓

① Les **parenthèses** : commence par les parenthèses les plus intérieures. Dans un **quotient**, les calculs du numérateur et du dénominateur sont prioritaires, comme s'ils étaient entre parenthèses.

↓

② Les **puissances** : attention $(-7)^2 = (-7) \times (-7)$ mais $-7^2 = -7 \times 7$.

↓

③ Les **multiplications et divisions** dans l'ordre de lecture.

↓

④ Les **additions et soustractions** dans l'ordre de lecture.

EXEMPLE Calculer $A = y^2 - 22 \div (5x + yx^2) + 5$ pour $x = -2$ et $y = 3$.

Si on remplace x par sa valeur numérique, le signe × doit être écrit.

$A = y^2 - 22 \div (5x + yx^2) + 5$

$A = 3^2 - 22 \div (5 \times (-2) + 3 \times (-2)^2) + 5$

$A = 3^2 - 22 \div (5 \times (-2) + 3 \times (-2)^2) + 5$ **Priorités** ① et ②

$A = 3^2 - 22 \div (5 \times (-2) + 3 \times 4) + 5$ **Priorités** ① et ③

$A = 3^2 - 22 \div (-10 + 12) + 5$ **Priorités** ① et ④

$A = 3^2 - 22 \div 2 + 5$ **Priorité** ② puis **priorité** ③

$A = 9 - 11 + 5$ **Priorité** ④

$A = 3$

Pour $x = -2$ et $y = 3$: on a $A = 3$.

1 **Calcule les expressions suivantes pour $x = -2$ et $y = 4$.**

$A = 343 \div (3 + 5x) =$ .... = ...

$B = x^2 + y^2 - 2xy =$ .... = ...

$C = \dfrac{y - 15}{y^2 + y + 2} =$ .... = ...

...... / 3

2 **Calcule les aires des figures suivantes.**

a) 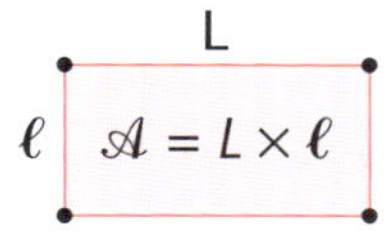

$L = 4$ m
$\ell = 3$ m

$\mathcal{A}_{rectangle}$ = ...
$\mathcal{A}_{rectangle}$ = ...

b) 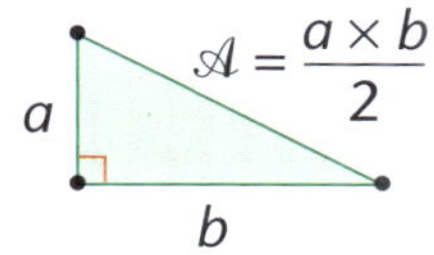

$a = 5$ cm
$b = 7$ cm

$\mathcal{A}_{triangle}$ = ...
$\mathcal{A}_{triangle}$ = ...

c) 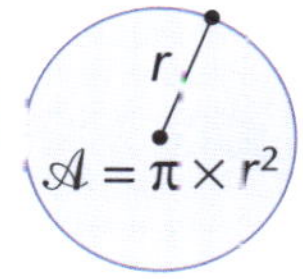

$r = 3{,}4$ cm

$\mathcal{A}_{disque}$ = ...
$\mathcal{A}_{disque}$ = ...

.... / 3

3 Avec un thermomètre en degrés Fahrenheit, Nina relève 99,5 °F chez son garçon. On dit qu'un enfant est fiévreux à partir de 38,5 °C. **A-t-il de la fièvre ?**

$T_{Celsius} = 5\,(T_{Fahrenheit} - 32) \div 9$

$T_{Celsius}$ = ...

.... / 2

4 **Calcule les volumes suivants et arrondis au cm³.**

a)  $r = 3{,}3$ cm

$\mathcal{V}_{tennis}$ = ...
= ....
≈ ....

b)  $r = 37{,}5$ mm

$\mathcal{V}_{pétanque}$ = ...
= ....
≈ ....

c)  $d = 6{,}15$ cm

$\mathcal{V}_{billard}$ = ...
= ....
≈ ....

$\mathcal{V}_{boule} = \dfrac{4}{3}\pi r^3$

.... / 3

5 **Avec un tableur**

B2 | fx Σ = | = B1*B1–5*B1+2

	A	B	C	D	E	F
1	x	2	–3	12,5	53,4	
2	f(x)	–4				

Rappel : Soit une fonction g dont l'expression est $g(x) = x^2 + 10$, alors $g(4) = 4^2 + 10 = 16 + 10 = 26$.

a) Donne l'expression de $f(x)$.

$f(x)$ = ...

b) Calcule.

- $f(-3)$ = ...
  = ...
- $f(12{,}5)$ = ...
  = ...
- $f(53{,}4)$ = ...
  = ...

.... / 4

Le total de mes points est .... / 15

FORCE 1

3 Tester une égalité de deux expressions

Observe et retiens

Tester une égalité de deux expressions → Pour la (ou les) valeur(s) proposée(s) :
- **calcule** chaque membre de l'égalité **séparément** ;
- **vérifie** si tu as bien l'égalité entre les deux expressions.

EXEMPLE Pour $x = -2$, tester l'égalité : $3(28x - 15) = 83x - 47$.

① Je calcule **le membre de gauche** :
$3(28 \times (-2) - 15) = 3(-56 - 15) = 3 \times (-71) = -213$

② Je calcule **le membre de droite** :
$83 \times (-2) - 47 = -166 - 47 = -213$

③ Pour $x = -2$, l'**égalité** entre les deux expressions est **vérifiée**.
On dit alors que -2 est **une solution de l'équation** $3(28x - 15) = 83x - 47$.

ATTENTION ! Une équation peut avoir **plusieurs solutions**. Tu trouveras :
- page 14, la méthode pour trouver la solution d'une **équation du premier degré** ;
- page 16, la méthode pour trouver les solutions d'une **équation produit-nul**.

1 **En utilisant la méthode donnée en exemple :**

a) teste l'égalité $24 - 3x = 8x - 4$ pour $x = 2,5$.

① .... | ② ....

③ ....

b) teste l'égalité $9y + 13x^2 = 2(12y - 7x)$ pour $x = -3$ et $y = 5$.

① .... | ② ....

③ ....

...... / 6

2 **Teste l'égalité $\dfrac{a^3 - 8(b + c)}{12 - 2ab} = c(b - a)$ pour $a = 4$; $b = 2$ et $c = 3$.**

....

....

....

...... / 4

3 **Adam dépense 46,50 € pour acheter 2 nouvelles roues et 3 autocollants pour sa trottinette. Il écrit l'égalité : $2x + 3y = 46,50$.**

a) Que représentent les lettres x et y dans cette égalité ? ....

....

b) Adam a-t-il choisi des roues à 19 € l'unité et des autocollants à 2,50 € l'unité ? Teste l'égalité précédente avec ces deux valeurs pour le savoir.

....

....

....

...... / 4

4 **Voici un triangle ABC dont les longueurs des côtés sont a, b et c. Teste l'égalité de Pythagore pour les valeurs proposées de a, b et c afin de savoir si le triangle ABC est rectangle en A.**

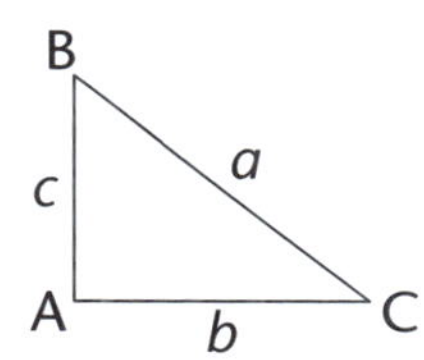

Rappel : La réciproque du théorème de Pythagore est : « Si $b^2 - c^2 = a^2$ alors le triangle ABC est rectangle en A. »

a) Teste l'égalité de Pythagore pour $a = 14,5$; $b = 10,5$ et $c = 10$.

....

....

Puis conclus sur la nature du triangle : ....

b) Teste l'égalité de Pythagore pour $a = 8,1$; $b = 7,1$ et $c = 3,9$.

....

....

Puis conclus sur la nature du triangle : ....

...... / 6

Le total de mes points est .... / 20

FORCE 2

4 Développer une expression

Observe et retiens

- **Développer une expression**, c'est transformer un produit en une somme. On dit que l'on **distribue** la multiplication.
- Les lettres k, a, b représentent des nombres relatifs.

La simple distributivité	La double distributivité
$k \times (a + b) = k \times a + k \times b$	$(a + b) \times (c + d) = a \times c + a \times d + b \times c + b \times d$
EXEMPLES	
$A = 8(5x + 3)$ $A = 8 \times (5x + 3)$ $A = 8 \times 5x + 8 \times 3$	$B = (11x + 4)(7 + 2x)$ $B = (11x + 4) \times (7 + 2x)$ $B = 11x \times 7 + 11x \times 2x + 4 \times 7 + 4 \times 2x$
Pense à simplifier ton écriture après avoir développé (voir page 2).	
$A = 40x + 24$	$B = 77x + 22x^2 + 28 + 8x$ $B = 22x^2 + 85x + 28$

- **ASTUCE** Lorsque tu rencontres une expression à développer **avec une soustraction**, tu vas utiliser la règle : « Soustraire un nombre revient à ajouter son opposé. »

EXEMPLE

$C = 6(9 - 10x) = 6[9 + (-10x)] = 6 \times 9 + 6 \times (-10x) = 54 - 60x$

1 **Développe les expressions suivantes.**

$D = 3(7x + 4) =$ .... × .... + ... × ....

$E = 8(9 - 3x) = 8[9 + ($..............$)] =$ .... × .... + ... × ....

$F = (8 + 7x)(6x + 10) =$ .... × .... + ... × .... + ... × .... + ... × ....

$G = (5x - 11)(4 + 7x) = [5x + ($.........$)](4 + 7x)$

$=$ .... × .... + ... × .... + ... × .... + ... × ....

....../4

2 **Développe puis réduis les expressions suivantes.**

$H = 14x(3x + 2) =$ ....

$I = (11 - 6x) \times 8 =$ ....

$J = (3x + 10)(7x + 15) =$ ....

$K = (9 - 20x)(5x - 4) =$ ....

.... / 4

3 **$L = -10(8{,}3x - 7{,}24)$. Entoure la bonne forme développée réduite de L parmi les propositions suivantes.**

a) $-83x - 72{,}4$ b) $83x - 72{,}4$ c) $-83x + 72{,}4$ d) $83x + 72{,}4$

.... / 2

4 **Deux programmes de calcul**

Programme de calcul de Jules :

Choisir un nombre
Le multiplier par 6
Ajouter 15

Programme de calcul d'Amélie :

Choisir un nombre
Le multiplier par 2
Ajouter 5
Multiplier le résultat par 3

a) Prends x comme nombre de départ.
Écris l'expression qu'obtient Jules : ....
Écris l'expression qu'obtient Amélie : ....

b) Développe l'expression d'Amélie pour montrer qu'ils obtiendront toujours le même résultat :

....

.... / 3

5 **Voici un script écrit avec Scratch.**

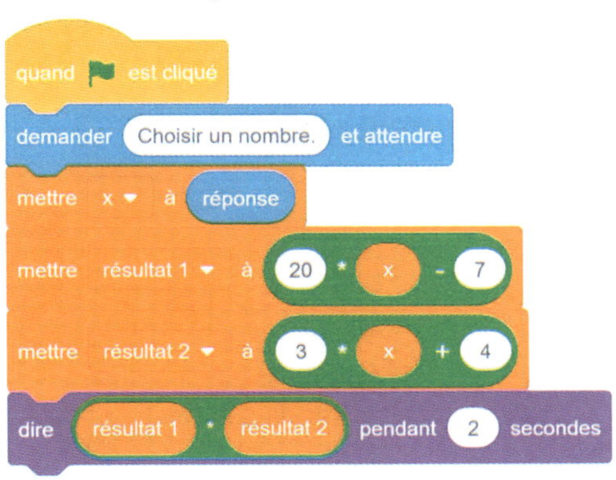

a) Écris l'expression qui est programmée dans ce script.

....

b) Développe et réduis l'expression trouvée.

....

....

....

.... / 2

Le total de mes points est .... / 15

FORCE 2

5 Factoriser une expression

Observe et retiens

- **Factoriser une expression**, c'est transformer une somme (ou une différence) en un produit.
- Les lettres k, a, b représentent des nombres relatifs.

$$k \times a + k \times b = k \times (a + b) \qquad k \times a - k \times b = k \times (a - b)$$

EXEMPLES

- Pour factoriser une expression, tu cherches un facteur commun à chaque terme.

$A = 7x + 7y$ | $B = 19t - 19s$

$A = 7 \times x + 7 \times y$ | $B = 19 \times t - 19 \times s$

$A = 7 \times (x + y)$ | $B = 19 \times (t - s)$

- Parfois, le facteur commun est un peu « caché ».

$C = 15x + 21y$ | $D = 16x - 18x^2$

$C = 3 \times 5x + 3 \times 7y$ | $D = 2x \times 8 - 2x \times 9x$

$C = 3 \times (5x + 7y)$ | $D = 2x \times (8 - 9x)$

La factorisation par 2 est possible : $2 \times (8x - 9x^2)$ **mais** ce n'est pas la plus complète !

- On peut factoriser par une expression littérale avec plusieurs termes.

$E = (4x + 3)(2y - 7) - (4x + 3)(7y - 1)$

$E = (4x + 3) \times [(2y - 7) - (7y - 1)]$

$E = (4x + 3)(2y - 7 - 7y + 1)$

$E = (4x + 3)(-5y - 6)$

Si besoin, reporte-toi à « Supprimer des parenthèses précédées d'un + ou d'un – » (page 2).

1 **Réécris les expressions en faisant apparaître le facteur commun en rouge.**

$F = 23m + 23p$ = ... × .... + ... × ....

$G = 35 - 5x$ = ... × .... – ...... × ....

$H = 55x + 66x^2$ = ... × .... + ... × ....

$I = (7 + 2x)(3 - 8x) - (7 + 2x)(12 - x)$

= (...........) × (...............) – (...........) × (...............)

Pour l'expression H, vérifie que tu ne peux pas factoriser davantage.

...... / 4

2 **Trouve le plus grand facteur commun, puis factorise les expressions suivantes.**

$J = 8 + 12x =$ .... $K = 5x - 5y^2 =$ ....

$L = 56xy - 49y =$ .... $M = 24x + 32x^2 =$ ....

.... / 4

3 **Réduis les expressions suivantes.**

> Réduire une expression, c'est factoriser par x ou par x^2 (voir page 2).

$N = 8x + 12x =$ ....

$O = 37x^2 - 4x^2 =$ ....

$P = 3x^2 + 11x^2 + 7x - 2x + 8y + 5y =$ ....

$Q = 6a^2 - 3a + 2b - 9a - 4b + 5a^2 =$ ....

.... / 4

4 **Relie chaque expression à sa forme factorisée.**

$R = (3x + 5)(4 - 7x) + (3x + 5)(8 + 13x)$ •	• $(3x + 5)(4 + 20x)$
$S = (3x + 5)(4 - 7x) - (3x + 5)(x - 8)$ •	• $(3x - 5)(8x - 12)$
$T = (3x + 5)(8 + 13x) - (3x + 5)(4 - 7x)$ •	• $(3x + 5)(12 + 6x)$
$U = (3x + 5)(x - 8) - (3x + 5)(4 - 7x)$ •	• $(3x + 5)(12 - 8x)$

.... / 4

5 **Calcule astucieusement les expressions suivantes.**

> Utilise la factorisation pour calculer plus vite.

$V = 28 \times 16 - 28 \times 6 =$ ....

$W = 92 \times 47 + 8 \times 47 =$ ....

$X = 12 \times 3{,}6 + 12 \times 1{,}4 =$ ....

$Y = 2{,}5 \times 486 - 2 \times 486 =$ ....

.... / 2

6 **Voici une expression : $Z = 9x^2 - 13x^2 + 25x^2 + 17x^2 - 38x^2$.**

a) Calcule cette expression :

- pour $x = 2$: ....
- pour $x = -3$: ....

b) Factorise cette expression pour démontrer que son résultat sera toujours le même quelle que soit la valeur de x choisie.

....

.... / 2

Le total de mes points est .... / 20

6 Développer et factoriser avec une identité remarquable

Observe et retiens

- En utilisant la **double distributivité** (voir page 8), on a :

$$\begin{aligned}(A+B)(A-B) &= A \times A - A \times B + B \times A - B \times B\\ &= A \times A - A \times B + A \times B - B \times B\\ &= A^2 - AB + AB - B^2\\ &= A^2 - B^2\end{aligned}$$

On remarque que : $-AB + AB = 0$

Cette formule (1) $(A+B)(A-B) = A^2 - B^2$ s'appelle **une identité remarquable**.

Elle sera **toujours vraie**, pour tous les nombres ou expressions A et B.

- Cette identité remarquable permet de réduire le nombre d'étapes dans des **développements** et de faciliter certaines **factorisations**.

Développer

Utilise l'identité **dans ce sens** :

$$(A+B)(A-B) = A^2 - B^2$$

EXEMPLE

$$\begin{aligned}(x+4)(x-4) &= x^2 - 4^2\\ &= x^2 - 16\end{aligned}$$

Factoriser

Utilise l'identité **dans l'autre sens** :

$$A^2 - B^2 = (A+B)(A-B)$$

EXEMPLE

$$\begin{aligned}81 - a^2 &= 9^2 - a^2\\ &= (9+a)(9-a)\end{aligned}$$

- Il existe **deux autres identités remarquables**, qui sont moins souvent utilisées au collège :

(2) $(A+B)^2 = A^2 + B^2 + 2 \times AB$

(3) $(A-B)^2 = A^2 + B^2 - 2 \times AB$

1 En développant, retrouve les identités remarquables (2) et (3).

a) $(A+B)^2 = (A+B)(A+B) =$ ....

$=$ ....

b) $(A-B)^2 = (A-B)(A-B) =$ ....

$=$ ....

....../4

2 **Développe en utilisant l'identité remarquable ①, puis simplifie l'expression.**

a) $(3x + 5)(3x - 5)$
= ....
= ....

b) $(2a + 7b)(2a - 7b)$
= ....
= ....

c) $(13y - 11z)(13y + 11z)$
= ....
= ....

d) $(10m + 3)(10m - 3) + (5 - 2m)(5 + 2m) - (3m + 4)(3m - 4)$
= [..........................] + [..........................] − [..........................]
= ....
= ....

...... / 6

3 **Factorise en utilisant l'identité remarquable ①, puis simplifie les facteurs.**

a) $4x^2 - 25$
= (...............)² − (...............)²
= (....... + ...)(....... − ....)

b) $144a^2 - 64b^2$
= ....
= ....

c) $(x + 3)^2 - x^2$
= (....... + ...)(....... − ....)
= ....
= ....

d) $(2n + 1)^2 - (3n - 4)^2$
= [(..........) + (..........)][(..........) − (..........)]
= ....
= ....

...... / 4

4 **Relie les formes factorisées aux formes développées.**

Utilise les identités remarquables ①, ② et ③.

$A = (2x + 10)(2x - 10)$ •
$B = (2x + 10)^2$ •
$C = (10 + 2x)(10 - 2x)$ •
$D = (2x - 10)^2$ •
$E = (4x + 10)(4x - 10)$ •
$F = (10 - 4x)(10 + 4x)$ •

• $U = 100 - 16x^2$
• $V = 16x^2 - 100$
• $W = 4x^2 + 100 + 40x$
• $X = 100 - 4x^2$
• $Y = 4x^2 - 100$
• $Z = 4x^2 + 100 - 40x$

...... / 6

Le total de mes points est ...... / 20

FORCE 1

7 Résoudre une équation du premier degré

Observe et retiens

- Une **équation** est une **égalité** de deux expressions dont l'une au moins est littérale.
- L'équation sera du **premier degré** lorsque, dans sa forme développée réduite, on a des termes en x, mais pas de termes en x^2, x^3...

EXEMPLES

$237x = -6$ $\quad 37x - 48 = 27 + 12x \quad$ $16(4 - 5x) + 3x^2 = 19x + 3x^2$

- **Résoudre une équation du premier degré à une inconnue**, c'est trouver la valeur de l'inconnue x pour laquelle l'égalité est vérifiée.
- MÉTHODE Tu vas procéder par étapes successives en utilisant les **règles** ① ② ③ ④. À chaque étape, les équations obtenues ont les mêmes solutions que la précédente.

① **Ajouter un même nombre** au membre de gauche **et** au membre de droite.

② **Soustraire un même nombre** au membre de gauche **et** au membre de droite.

③ **Multiplier par un même nombre** le membre de gauche **et** le membre de droite.

④ **Diviser par un même nombre** ($\neq 0$) le membre de gauche **et** le membre de droite.

Règle utilisée	Résolution
②	$3{,}6 + x = -18{,}5$ $3{,}6 + x - 3{,}6 = -18{,}5 - 3{,}6$ $x = -22{,}1$

La solution de l'équation est −22,1.

Règles utilisées	Résolution
①	$5x = 91 - 2x$ $5x + 2x = 91 - 2x + 2x$ $7x = 91$
④	$\frac{7x}{7} = \frac{91}{7}$ $x = 13$

Si tu as des termes en x de chaque côté de ton égalité, tu vas commencer par les regrouper d'un seul côté.

La solution de l'équation est 13.

Corrigés à détacher

Après avoir vérifié ici tes réponses, évalue-toi avec le tableau en fin de cahier.

1 Simplifier une expression p. 2

1 $3ab + 2c = 3 \times a \times b + 2 \times c$
$4(x - 3) = 4 \times (x - 3)$
$7a(5a - 8b) = 7 \times a \times (5 \times a - 8 \times b)$
$2xy(6x - 1)(7x + 3)$
$= 2 \times x \times y \times (6 \times x - 1) \times (7 \times x + 3)$

2 $7a \times 3b = 7 \times 3 \times a \times b = 21ab$
$2x \times 4x^2 = 2 \times 4 \times x \times x \times x = 8x^3$
$5xy \times 3z = 15xyz$
$(5x)^2 = 5x \times 5x = 25x^2$
$2x^2 \times 3y \times 4x \times 5xy = 120x^4\,y^2$

3 $A = 12 + a^2 - 2a + 3b - 5b^2 + 4c$
$B = 3x - 2y + 4t - 7$
$C = r^2 - 2s + 3t^2 + 4r - 3s^2$
$D = 10x^2 - 2x - 7a + 3b - 4c + 5 + 6y - 8w - d$

4 $E = 2x - 4x + 3y + 7y - 5$
$E = -2x + 10y - 5$
$F = 4x - x + 12xy - 7xy + 3y$
REMARQUE : $4x - x = 4x - 1x$.
$F = 3x + 5xy + 3y$
$G = a^2 + 3a^2 - a + 9a - 2 - 7$
$G = 4a^2 + 8a - 9$
$H = 5a^2 + 2{,}5ab - 12{,}5ab - 7{,}5b + 10b$
$H = 5a^2 - 10ab + 2{,}5b$

5 **REMARQUE :** Le périmètre d'une figure est la longueur de son contour.
$\mathcal{P} = 3 \times 1{,}5 + 3x + y + 3 \times 1{,}5 + 3x + 2y$
$\mathcal{P} = 6x + 3y + 9$

6 • Pour l'expression K, **réponse** b).
$K = x \times 5y + (2x - 3y^2) - (2y \times 2x + 5x) + (3y)^2$
CONSEIL : Commence par simplifier les produits pour faire apparaître les parties littérales.
Attention, on a :
$\boldsymbol{3y^2} = 3 \times y \times y$ mais $\boldsymbol{(3y)^2} = 3y \times 3y$
$K = 5xy + (2x - 3y^2) - (4xy + 5x) + 9y^2$
$K = 5xy + 2x - 3y^2 - 4xy - 5x + 9y^2$
$K = -3x + xy + 6y^2$

• Pour l'expression L, **réponse** a).
$L = 15m - (25m^2 - (3m^2 + 1) + (4 - m))$
$L = 15m - (25m^2 - 3m^2 - 1 + 4 - m)$
$L = 15m - (22m^2 - m + 3)$
$L = 15m - 22m^2 + m - 3$
$L = -22m^2 + 16m - 3$

2 Calculer une expression p. 4

1 Pour $x = -2$ et $y = 4$
$A = 343 \div (3 + 5x)$
$A = 343 \div (3 + 5 \times (-2))$
$A = 343 \div (-7)$
$A = -49$
$B = x^2 + y^2 - 2xy$
$B = (-2)^2 + 4^2 - 2 \times (-2) \times 4$
$B = 4 + 16 + 16$
$B = 36$
$C = \dfrac{y - 15}{y^2 + y + 2} = \dfrac{4 - 15}{4^2 + 4 + 2}$
$C = \dfrac{-11}{22} = \dfrac{-1}{2} = -0{,}5$

2 a) $\mathcal{A}_{\text{rect.}} = L \times l = 4 \times 3 = 12 \text{ m}^2$
b) $\mathcal{A}_{\text{triangle}} = \dfrac{a \times b}{2} = \dfrac{5 \times 7}{2} = 17{,}5 \text{ cm}^2$
c) $\mathcal{A}_{\text{disque}} = \pi r^2 = \pi \times 3{,}4^2$
$= 11{,}56\pi \approx 36{,}3 \text{ cm}^2$
REMARQUE : $11{,}56\pi$ est la **valeur exacte** ; 36,3 est la **valeur approchée** au dixième.

3 Pour $T_{\text{Fahrenheit}} = 99{,}5$:
$T_{\text{Celsius}} = 5(T_{\text{Fahrenheit}} - 32) \div 9$
$= 5(99{,}5 - 32) \div 9 = 5 \times 67{,}5 \div 9$
$= 337{,}5 \div 9 = 37{,}5 \text{ °C} < 38{,}5 \text{ °C}$
L'enfant n'a pas de fièvre.

4 a) $\mathcal{V}_{\text{tennis}} = \dfrac{4}{3}\pi r^3 = \dfrac{4}{3}\pi \times 3{,}3^3$
$= 47{,}916\pi \approx 151 \text{ cm}^3$
b) $\mathcal{V}_{\text{pétanque}} = \dfrac{4}{3}\pi r^3 = \dfrac{4}{3}\pi \times 37{,}5^3$
$= 70\,312{,}5\pi \approx 220\,893 \text{ mm}^3$
$\approx 221 \text{ cm}^3$
c) **REMARQUE :** Si $d = 6{,}15$ cm alors $r = 3{,}075$ cm !
$\mathcal{V}_{\text{billard}} = \dfrac{4}{3}\pi r^3 = \dfrac{4}{3}\pi \times 3{,}075^3$
$\approx 38{,}768\pi \approx 122 \text{ cm}^3$

5 a) $f(x) = x^2 - 5x + 2$
REMARQUE : La valeur de x est située dans la cellule B1 et le mode de calcul de $f(x)$ est dans la ligne de saisie : = B1*B1-5*B1 + 2.
Cela donne donc l'expression : $x \times x - 5 \times x + 2$.
b) • $f(-3) = (-3)^2 - 5 \times (-3) + 2$
$f(-3) = 9 + 15 + 2 = 26$
• $f(12{,}5) = 12{,}5^2 - 5 \times 12{,}5 + 2$
$f(12{,}5) = 156{,}25 - 62{,}5 + 2$
$f(12{,}5) = 95{,}75$
• $f(53{,}4) = 53{,}4^2 - 5 \times 53{,}4 + 2$
$f(53{,}4) = 2\,851{,}56 - 267 + 2$
$f(53{,}4) = 2\,586{,}56$

3 Tester une égalité de deux expressions p. 6

1 a) ① $24 - 3 \times 2{,}5 = 16{,}5$
② $8 \times 2{,}5 - 4 = 16$
③ $16{,}5 \neq 16$ donc pour $x = 2{,}5$ l'égalité n'est pas vérifiée.
b) ① $9 \times 5 + 13 \times (-3)^2 = 162$
② $2(12 \times 5 - 7 \times (-3)) = 162$
③ Pour $x = -3$ et $y = 5$ l'égalité est vérifiée.

2 ① Je calcule le membre de gauche :
$\dfrac{4^3 - 8 \times (2 + 3)}{12 - 2 \times 4 \times 2} = \dfrac{24}{-4} = -6$
② Je calcule le membre de droite :
$3 \times (2 - 4) = -6$
③ Je remarque que : $-6 = -6$, donc pour $a = 4$; $b = 2$ et $c = 3$ l'égalité est vérifiée.

3 a) La lettre x représente **le prix** d'une roue et la lettre y représente **le prix** d'un autocollant.
REMARQUE : Il faut être précis sur la définition de x et de y dans l'égalité.
b) Pour $x = 19$ et $y = 2{,}5$ je teste l'égalité $2x + 3y = 46{,}50$
① Je calcule le membre de gauche :
$2 \times 19 + 3 \times 2{,}50 = 45{,}50$
③ Je remarque que : $45{,}50 \neq 46{,}50$.
Je conclus qu'Adam n'a pas choisi ces roues et ces autocollants.

4 Pour les valeurs proposées de a, b et c, je teste l'égalité de Pythagore $b^2 + c^2 = a^2$.
a) ① Je calcule le membre de gauche :
$10{,}5^2 + 10^2 = 210{,}25$.
② Je calcule le membre de droite :
$14{,}5^2 = 210{,}25$.
③ Je remarque que : $210{,}25 = 210{,}25$.
Donc l'égalité de Pythagore est vérifiée pour $a = 14{,}5$, $b = 10{,}5$ et $c = 10$.
Je conclus que ce triangle ABC est rectangle en A.
b) ① Je calcule le membre de gauche :
$7{,}1^2 - 3{,}9^2 = 65{,}62$.
② Je calcule le membre de droite :
$8{,}1^2 = 65{,}61$.
③ Je remarque que : $65{,}62 \neq 65{,}61$.
Donc l'égalité de Pythagore n'est pas vérifiée pour $a = 8{,}1$, $b = 7{,}1$ et $c = 3{,}9$.
Je conclus que ce triangle ABC n'est pas un triangle rectangle.

4 Développer une expression p. 8

1 $D = 3(7x + 4) = 3 \times 7x + 3 \times 4$
$E = 8(9 - 3x) = 8(9 + (-3x))$
$E = 8 \times 9 + 8 \times (-3x)$
$F = (8 + 7x)(6x + 10)$
$F = 8 \times 6x + 8 \times 10 + 7x \times 6x + 7x \times 10$
$G = (5x - 11)(4 + 7x)$
$G = (5x + (-11))(4 + 7x)$
$G = 5x \times 4 + 5x \times 7x + (-11) \times 4 + (-11) \times 7x$

2 $H = 14x\,(3x + 2) = 42x^2 + 28x$
$I = (11 - 6x) \times 8 = 88 - 48x$

REMARQUE : On peut distribuer la multiplication avec le facteur positionné après la parenthèse (ici, le facteur 8).

$J = (3x + 10)(7x + 15)$
$J = 21x^2 + 45x + 70x + 150$
$J = 21x^2 + 115x + 150$
$K = (9 - 20x)(5x - 4)$
$K = 45x - 36 - 100x^2 + 80x$
$K = -100x^2 + 125x - 36$

3 Réponse c) car :
$L = -10(8{,}3x - 7{,}24)$
$L = -10 \times 8{,}3x + (-10) \times (-7{,}24)$
$L = -83x + 72{,}4$

4 a) Jules : $6x + 15$
Amélie :$(2x + 5) \times 3 = 3(2x + 5)$
b) On développe l'expression d'Amélie et on trouve celle de Jules :
$3(2x + 5) = 3 \times 2x + 3 \times 5 = 6x + 15$

5 a) $(20x - 7)(3x + 4)$
b) $20x \times 3x + 20x \times 4 + (-7) \times 3x + (-7) \times 4$
$= 60x^2 + 80x - 21x - 28$
$= 60x^2 + 59x - 28$

5 Factoriser une expression p. 10

1 $F = 23 \times m + 23 \times p$
$G = 5 \times 7 - 5 \times x$
$H = 11x \times 5 + 11x \times 6x$
$I = (7 + 2x) \times (3 - 8x) - (7 + 2x) \times (12 - x)$

2 $J = 4 \times 2 + 4 \times 3x = 4(2 + 3x)$
$K = 5 \times x - 5 \times y^2 = 5(x - y^2)$
$L = 7y \times 8x - 7 \times 7y = 7y(8x - 7)$
$M = 3 \times 8x + 8x \times 4x = 8x(3 + 4x)$

3 $N = 8x + 12x = x(8 + 12) = 20x$
$O = 37x^2 - 4x^2 = x^2\,(37 - 4) = 33x^2$

RAPPEL (voir page 2) : Dans les expressions N et O, pour supprimer le signe ×, on écrit le nombre devant la lettre : $x \times 20 = 20x$ et $x^2 \times 33 = 33x^2$.

$P = 3x^2 + 11x^2 + 7x - 2x + 8y + 5y$
$P = (3 + 11)x^2 + (7 - 2)x + (8 + 5)y$
$P = 14x^2 + 5x + 13y$
$Q = 6a^2 - 3a + 2b - 9a - 4b + 5a^2$
$Q = (6 + 5)a^2 + (-3 - 9)a + (2 - 4)b$
$Q = 11a^2 - 12a - 2b$

4 **REMARQUE :** Comme dans l'exemple E de « Observe et retiens », fais attention lorsque tu supprimes des parenthèses précédées d'un + ou d'un –.

$R = (3x + 5)(12 + 6x)$
$S = (3x + 5)(12 - 8x)$
$T = (3x + 5)(4 + 20x)$
$U = (3x + 5)(8x - 12)$

5 $V = 28 \times 16 - 28 \times 6$
$V = 28(16 - 6) = 28 \times 10 = 280$
$W = 92 \times 47 + 8 \times 47$
$W = 47 \times (92 + 8)$
$W = 47 \times 100 = 4\,700$
$X = 12 \times 3{,}6 + 12 \times 1{,}4$
$X = 12 \times (3{,}6 + 1{,}4) = 12 \times 5 = 60$
$Y = 2{,}5 \times 486 - 2 \times 486$
$Y = 486 \times (2{,}5 - 2)$
$Y = 486 \times 0{,}5 = 243$

REMARQUE : Multiplier un nombre par 0,5 revient à le diviser par 2.

6 a) • $9 \times 2^2 - 13 \times 2^2 + 25 \times 2^2 + 17 \times 2^2 - 38 \times 2^2 = 0$
• $9 \times (-3)^2 - 13 \times (-3)^2 + 25 \times (-3)^2 + 17(-3)^2 - 38 \times (-3)^2 = 0$
b) $Z = 9x^2 - 13x^2 + 25x^2 + 17x^2 - 38x^2$
$= x^2 \times (9 - 13 + 25 + 17 - 38) = x^2 \times 0 = 0$

REMARQUE : Tu viens de démontrer que cette expression sera toujours égale à zéro quelle que soit la valeur de x choisie.

6 Développer et factoriser avec une identité remarquable p. 12

1 a) $(A + B)^2 = (A + B)(A + B)$
$= A^2 + AB + AB + B^2$
$= A^2 + B^2 + 2 \times AB$
b) $(A - B)^2 = (A - B)(A - B)$
$= A^2 - AB - AB + B^2$
$= A^2 + B^2 - 2 \times AB$

2 a) $(3x + 5)(3x - 5) = (3x)^2 - 5^2 = 9x^2 - 25$
b) $(2a + 7b)(2a - 7b) = (2a)^2 - (7b)^2$
$= 4a^2 - 49b^2$
c) $(13y - 11z)(13y + 11z) = (13y)^2 - (11z)^2$
$= 169y^2 - 121z^2$
d) $(10m + 3)(10m - 3) + (5 - 2m)(5 + 2m) - (3m + 4)(3m - 4)$
$= [(10m)^2 - 3^2] + [5^2 - (2m)^2] - [(3m)^2 - 4^2]$
$= 100m^2 - 9 + 25 - 4m^2 - 9m^2 + 16$
$= 87m^2 + 32$

CONSEIL : N'hésite pas à mettre les développements entre parenthèses, puis à supprimer les parenthèses.

3 a) $4x^2 - 25 = (2x)^2 - 5^2 = (2x + 5)(2x - 5)$
b) $144a^2 - 64b^2 = (12a)^2 - (8b)^2$
$= (12a + 8b)(12a - 8b)$
c) $(x + 3)^2 - x^2 = (x + 3 + x)(x + 3 - x)$
$= (2x + 3) \times 3 = 3(2x + 3)$
d) $(2n + 1)^2 - (3n - 4)^2$
$= [(2n + 1) + (3n - 4)] \times [(2n + 1) - (3n - 4)]$
$= (5n - 3)(-n + 5)$

4 $A = Y$; $B = W$; $C = X$;
$D = Z$; $E = V$; $F = U$.

REMARQUE : On peut toujours utiliser la double distributivité pour trouver les formes développées.

7 Résoudre une équation du premier degré p. 14

1 (1) $x - 12 = 27$
$x - 12 + 12 = 27 + 12$
$x = 39$

(2) $x + 7 = -45$
$x + 7 - 7 = -45 - 7$
$x = -52$

(3) $\dfrac{x}{2} = 6{,}8$
$\dfrac{x}{2} \times 2 = 6{,}8 \times 2$
$x = 13{,}6$

(4) $6x = 32$
$6x \div 6 = 32 \div 6$
$x = \dfrac{16}{3}$

REMARQUE : Ici on donne la solution sous forme d'une fraction car la solution d'une équation doit être une valeur exacte.

2 a) Les règles utilisées sont (1) puis (4).
b) Les règles utilisées sont (3) puis (2) et (4).

3 a) $7x + 16 = 21$
$7x + 16 - 16 = 21 - 16$
$7x = 5$
$\dfrac{7x}{7} = \dfrac{5}{7}$
$x = \dfrac{5}{7}$

b) $\dfrac{x}{-3} + 4 = 28$
$\dfrac{x}{-3} + 4 - 4 = 28 - 4$
$\dfrac{x}{-3} = 24$
$\dfrac{x}{-3} \times (-3) = 24 \times (-3)$
$x = -72$

c) $-13x - 5 = 7x$

$-13x - 5 + 13x = 7x + 13x$

$-5 = 20x$

$\frac{-5}{20} = \frac{20x}{20}$

$-0{,}25 = x$

REMARQUE : On peut aussi choisir de mettre les termes en x à droite et les nombres à gauche.

d) $10x - 43 = 12 - 27x$

$10x - 43 + 27x = 12 - 27x + 27x$

$37x - 43 = 12$

$37x - 43 + 43 = 12 + 43$

$37x = 55$

$\frac{37x}{37} = \frac{55}{37}$

$x = \frac{55}{37}$

8 Résoudre une équation produit-nul p. 16

1 a) (2) Si $A \times B = 0$ alors $A = 0$ ou $B = 0$.

(3) Donc $3x - 21 = 0$ ou $4x + 32 = 0$.

Donc $3x - 21 + 21 = 0 + 21$

ou $4x + 32 - 32 = 0 - 32$

Donc $\frac{3x}{3} = \frac{21}{3}$ ou $\frac{4x}{4} = \frac{-32}{4}$

Donc $x = 7$ ou $x = -8$.

(4) Les solutions sont 7 et − 8.

b) (2) Si $A \times B = 0$ alors $A = 0$ ou $B = 0$.

(3) Donc $5x + 12 - 12 = 0 - 12$

ou $10x - 4 + 4 = 0 + 4$.

Donc $5x = -12$ ou $10x = 4$

Donc $x = -2{,}4$ ou $x = 0{,}4$

(4) Les solutions sont −2,4 et 0,4.

2 a) 5 et 7 ; b) −5 et 4 ; c) 0 et −7 ;

d) −7 et −5 ; e) −4 ; f) 4 et 7.

REMARQUES : • On cherche à annuler chaque facteur de l'équation.

• Dans la question **e)**, la même valeur (−4) annule les deux facteurs. C'est une **solution double**.

3 a) $M = (x + 1)(3x - 5) + (x + 1)(13 - 7x)$

$= (x + 1)[(3x - 5) + (13 - 7x)]$

$= (x + 1)(3x - 5 + 13 - 7x)$

$= (x + 1)(-4x + 8)$

b) (1) $M = 0$ équivaut à $(x + 1)(-4x + 8) = 0$.

(2) Si $A \times B = 0$ alors $A = 0$ ou $B = 0$.

(3) Donc $x + 1 = 0$ ou $-4x + 8 = 0$.

Donc $x + 1 - 1 = 0 - 1$

Ou $-4x + 8 - 8 = 0 - 8$.

Donc $x = -1$ ou $-4x = -8$.

Donc $x = -1$ ou $x = 2$.

(4) Les solutions sont −1 et 2.

4 a) $x^2 - 121 = 121 - 121$

b) $x^2 - 121 = x^2 - 11^2 = (x + 11)(x - 11)$

c) D'après les questions a) et b), résoudre l'équation $x^2 = 121$ revient à résoudre $(x + 11)(x - 11) = 0$.

Donc $x + 11 = 0$ ou $x - 11 = 0$.

Donc $x + 11 - 11 = 0 - 11$

ou $x - 11 + 11 = 0 + 11$.

Donc $x = -11$ ou $x = 11$.

Les solutions sont −11 et 11.

9 Mettre un problème en équation et le résoudre p. 18

1 (1) On pose x l'âge de Léo.

(2) Âge de Léo dans 15 ans : $x + 15$

Âge de Carine cette année : $3x$

Âge de Carine dans 15 ans : $3x + 15$

(3) $2 \times (x + 15) = 3x + 15$

ou $2x + 30 = 3x + 15$

2 **REMARQUE :** « Trois fois moins cher » se traduit par une division par 3 du prix.

Données	(2)	(5)
1 chocolat	x	0,60
1 marron	$2x$	1,20
1 praliné	$2x - 0{,}50$	0,70
1 caramel	$\frac{x}{3}$	0,20
5 chocolats	$5x$	3
3 marrons	$6x$	3,60
4 pralinés	$8x - 2$	2,80
6 caramels	$2x$	1,20

(3) Prix total d'un ballotin :

$5x + 6x + 8x - 2 + 2x = 10{,}60$

Soit : $21x - 2 = 10{,}60$

(4) $21x - 2 + 2 = 10{,}60 + 2$

$21x = 12{,}60$

$\frac{21x}{21} = \frac{12{,}60}{21}$

$x = 0{,}60$

3 (1) Soit x la récompense des 2es.

(2) Prix des 1ers : $x + 75$

Prix des 3es : $x - 85$

(3) La somme des 3 prix vaut 440 € :

$x + 75 + x + x - 85 = 440$

$3x - 10 = 440$

(4) $3x - 10 + 10 = 440 + 10$

$3x = 450$

$\frac{3x}{3} = \frac{450}{3}$

$x = 150$

(5) Les 1ers : 150 + 75 = 225 €

Les 2es : 150 €

Les 3es : 150 − 85 = 65 €

REMARQUE : Si tu appelles x le gain des 1ers, tu dois résoudre : $3x - 235 = 440$; si tu appelles x le gain des 3es, tu dois résoudre : $3x + 245 = 440$.

10 Établir une formule p. 20

1 a) Périmètre $= x + 7 + 3 + x = 10 + 2x$

b) Périmètre $= 2(8 + 11 + y)$

$= 2(19 + y) = 2 \times 19 + 2 \times y$

$= 38 + 2y$

REMARQUE : Pour simplifier l'expression, on utilise le développement.

c) Périmètre $= 2 \times \pi \times 3z = 6\pi z$

2
- Le double d'un nombre : $2n$
- Le triple d'un nombre : $3n$
- Le carré d'un nombre : n^2
- Le carré d'un nombre pair : $(2n)^2$
- Le double d'un nombre impair : $2(2n + 1)$
- Le double du carré d'un nombre : $2n^2$
- Le nombre qui précède un nombre pair : $2n - 1$
- Le nombre qui suit un nombre pair : $2n + 1$
- La somme de deux nombres consécutifs : $n + n + 1$
- Le produit de deux nombres consécutifs : $n(n + 1)$

REMARQUE : Des nombres entiers consécutifs sont des nombres entiers qui se suivent.

3 a) $\mathcal{A}_{\text{jaune}} = \mathcal{A}_{\text{rectangle}} - \mathcal{A}_{\text{disque}}$

$= 6 \times 2x - \pi \times x^2 = 12x - \pi \times x^2$

REMARQUE : L'aire des deux demi-disques réunis correspond à l'aire d'un disque de rayon x.

b) $\mathcal{A}_{\text{figure}} = \mathcal{A}_{\text{rectangle}} + 2 \times \mathcal{A}_{\text{triangle}} + \mathcal{A}_{\text{demi-disque}}$

$= 3 \times 2x + 2 \times \frac{x \times 2x}{2} + \frac{\pi \times 1{,}5^2}{2}$

$= 6x + 2x^2 + 1{,}125\pi$

4 a) Jour 1 : 3 fleurs ; jour 2 : 5 fleurs ; jour 3 : 7 fleurs ; jour 4 : 9 fleurs.

b) On remarque que :
- au jour 1, il y a 2 × 1 + 1 = 3 fleurs ;
- au jour 2, il y a 2 × 2 + 1 = 5 fleurs ;
- au jour 3, il y a 2 × 3 + 1 = 7 fleurs ;
- au jour 4, il y a 2 × 4 + 1 = 9 fleurs ;

donc au jour J, il y a 2 × J + 1 fleurs.

La formule qui permet de calculer le nombre de fleurs à partir du nombre de jours est : $N = 2J + 1$.

c) $N = 2 \times 1\,982 + 1 = 3\,965$

Au jour 1 982, il y aura 3 965 fleurs.

11 Utiliser une formule p. 22

1 a) (2) Je remplace les valeurs dans la formule : $60 = 230 \times I$.

L'inconnue est : I.

(3) Je résous l'équation :

$\frac{60}{230} = \frac{230 \times I}{230}$

$0{,}26 \approx I$

L'intensité est d'environ 0,26 ampère.

b) (1) La formule de l'aire d'un triangle est :
$\mathcal{A}_{\text{triangle}} = \dfrac{RT \times h}{2}$.
(2) Je remplace les valeurs dans la formule :
$289 = \dfrac{34 \times h}{2}$.
L'inconnue est : h.
(3) Je résous l'équation :
$289 \times 2 = \dfrac{34 \times h}{2} \times 2$
$578 = 34 \times h$
$\dfrac{578}{34} = \dfrac{34 \times h}{34}$
$17 = h$
La hauteur du triangle est 17 cm.

2 (1) La formule est :
$\text{vitesse} = \dfrac{\text{distance parcourue}}{\text{temps}}$
(2) **CONSEIL :** Pour convertir les minutes en heures, tu peux utiliser la règle de trois.
$? = 1 \times 18 \div 60 = 0,3$ heure
Je remplace les valeurs dans la formule :
$40 = \dfrac{\text{distance}}{0,3}$
L'inconnue est la distance.
(3) Je résous l'équation :
$40 \times 0,3 = \dfrac{\text{distance}}{0,3} \times 0,3$
$12 = \text{distance}$
Augustin a parcouru 12 km.

3 (1) La formule est : $\mu = \dfrac{m}{V}$.
(2) Je remplace les valeurs dans la formule :
$8,96 = \dfrac{39}{V}$.
L'inconnue est le volume V.
(3) Je résous l'équation :
$8,96 \times V = \dfrac{39}{V} \times V$
$8,96 \times V = 39$
$\dfrac{8,96 \times V}{8,96} = \dfrac{39}{8,96}$
$V \approx 4,35$
Cela représente un volume d'environ 4,35 cm^3.

4 a) (1) La formule est :
$\mathcal{V}_{\text{pyramide}} = \dfrac{\mathcal{A}_{\text{base}} \times h}{3}$.
(2) Je remplace les valeurs dans la formule :
$100 = \dfrac{\mathcal{A}_{\text{base}} \times 12}{3}$.
L'inconnue est $\mathcal{A}_{\text{base}}$.
(3) Je résous l'équation :
$100 \times 3 = \dfrac{\mathcal{A}_{\text{base}} \times 12}{3} \times 3$
$300 = \mathcal{A}_{\text{base}} \times 12$
$\dfrac{300}{12} = \dfrac{\mathcal{A}_{\text{base}} \times 12}{12}$
$25 = \mathcal{A}_{\text{base}}$
L'aire de la base est 25 dm^2.
b) $c^2 = 25$ donc $c = 5$ ou $c = -5$
Or, une longueur est un nombre positif, donc $c = 5$ dm.

12 Démontrer à l'aide du calcul littéral p. 24

1 (1) **Tests**

Nombre n	2	10
$+2$	4	12
$\times n$	8	120
$-n^2$	4	20
$\div 2$	2	10

(2) Il semble que le résultat final soit toujours le nombre de départ.
(3) **Modélisation**

Nombre n	n
$+2$	$n + 2$
$\times n$	$(n + 2) \times n$
$-n^2$	$(n + 2) \times n - n^2$
$\div 2$	$[(n + 2) \times n - n^2] \div 2$

CONSEIL : Pense bien à mettre les parenthèses autour du résultat précédent lors de la modélisation.

Démonstration : on développe et on réduit l'expression précédente.
$[(n + 2) \times n - n^2] \div 2$
$= [n^2 + 2n - n^2] \div 2 = 2n \div 2 = n$
(4) **Conclusion :** On obtiendra toujours le nombre de départ n.
Ce n'est pas magique, c'est mathématique !

2 a) (1) $f(0) = 0^4 - 5 \times 0^2 + 10 = 10 \neq 6$.
On a trouvé un contre-exemple.
(4) $f(x)$ n'est pas toujours égale à 6.
b) (3) • $g(x) = 2x^2 + 10x - 6x - 30$
$g(x) = 2x^2 + 4x - 30$
• $2 \times h(x) = 2 \times (x^2 + 2x - 15)$
$2 \times h(x) = 2x^2 + 4x - 30$
(4) On obtient la même expression, donc $g(x) = 2 \times h(x)$ pour tout x.
REMARQUE : Pour montrer que deux expressions sont égales, on comparera le plus souvent leurs formes développées-réduites.

BILAN : Résoudre des équations p. 26

1 $A = 3x^2 - 2x - 7 - x^2 + 4 - 2x^2 = -2x - 3$
REMARQUE : $3x^2 - x^2 - 2x^2 = 0x^2 = 0$.

2 • $f(x) = 2x \times x + 2x \times (-7) + x \times 3 + x \times (-2x)$
$= 2x^2 - 14x + 3x - 2x^2 = -11x$
f est linéaire donc affine ($b = 0$).
• $g(x) = 3x \times 5x + 3x \times 2 + (-4) \times 5x + (-4) \times 2 - 15x^2$
$= 15x^2 + 6x - 20x - 8 - 15x^2$
$= -14x - 8$
g est une fonction affine.
• $h(x) = (2x)^2 - 3^2 = 4x^2 - 9$
h n'est ni affine ni linéaire.

3 a) $B = 8x(7x - 5y + 9)$
b) $C = (5a - 1) \times [(a + 4) - (3a - 5)]$
$= (5a - 1)(a + 4 - 3a + 5)$
$= (5a - 1)(-2a + 9)$

4 a) $12x - 4 - 5x = 5x - 3 - 5x$
$7x - 4 = -3$
$7x - 4 + 4 = -3 + 4$
$7x = 1$
$\dfrac{7x}{7} = \dfrac{1}{7}$
$x = \dfrac{1}{7}$
b) $-3x + 7,4 + 5x = -5x - 33 + 5x$
$2x + 7,4 = -33$
$2x + 7,4 - 7,4 = -33 - 7,4$
$2x = -40,4$
$\dfrac{2x}{2} = \dfrac{-40,4}{2}$
$x = -20,2$

5 a) $R = 9x^2 - 16$
b) $R = (3x)^2 - 4^2 = (3x + 4)(3x - 4)$
c) $(3x + 4)(3x - 4) = 0$
Donc $3x + 4 = 0$ ou $3x - 4 = 0$
Donc $3x + 4 - 4 = 0 - 4$
ou $3x - 4 + 4 = 0 + 4$
Donc $3x = -4$ ou $3x = 4$
Donc $\dfrac{3x}{3} = \dfrac{-4}{3}$ ou $\dfrac{3x}{3} = \dfrac{4}{3}$
Donc $x = \dfrac{-4}{3}$ ou $x = \dfrac{4}{3}$
Le script affichera 0 pour $\dfrac{-4}{3}$ et pour $\dfrac{4}{3}$.

6 a)

	CINÉ PASS	CINÉ MAXI
N	$20 + 7N$	$46 + 5N$
10	$20 + 7 \times 10 = 90$ €	$46 + 5 \times 10 = 96$ €
15	$20 + 7 \times 15 = 125$ €	$46 + 5 \times 15 = 121$ €

b) $20 + 7N = 46 + 5N$
$20 + 7N - 5N = 46 + 5N - 5N$
$20 + 2N = 46$
$20 + 2N - 20 = 46 - 20$
$2N = 26$
$\dfrac{2N}{2} = \dfrac{26}{2}$
$N = 13$
Pour 13 places, le prix sera le même avec les deux cartes (111 €).

7 a) Pour 4 et 7 : $4 \times 7 = 28$.
Pour 8 et 13 : $8 \times 13 = 104$.
b) $2n \times (2p + 1) = 2n \times 2p + 2n \times 1$
$= 4np + 2n = 2(2np + n)$
Ce résultat est un multiple de deux, donc la propriété est bien vraie.

1 **Utilise la règle indiquée pour trouver la valeur de x.**

Règle 1	Règle 2	Règle 3	Règle 4
$x - 12 = 27$	$x + 7 = -45$	$\frac{x}{2} = 6{,}8$	$6x = 32$
....	....	....	....
....	....	....	....

....../4

2 **Retrouve le numéro des règles utilisées pour résoudre ces deux équations.**

a)

	$12x - 17 = -9$
Règle	$12x - 17 + 17 = -9 + 17$
	$12x = 8$
Règle	$\frac{12x}{12} = \frac{8}{12}$
	$x = \frac{2}{3}$

b)

	$(19 + 5x) \div 3 = 9$
Règle	$(19 + 5x) \div 3 \times 3 = 9 \times 3$
	$19 + 5x = 27$
Règle	$19 + 5x - 19 = 27 - 19$
	$5x = 8$
Règle	$\frac{5x}{5} = \frac{8}{5}$
	$x = 1{,}6$

....../5

3 **Résous les équations suivantes.**

a) $7x + 16 = 21$

....

....

....

....

b) $\frac{x}{-3} + 4 = 28$

....

....

....

....

c) $-13x - 5 = 7x$

....

....

....

....

....

d) $10x - 43 = 12 - 27x$

....

....

....

....

....

....../6

Le total de mes points est .... / 15

FORCE 2

8 Résoudre une équation produit-nul

Observe et retiens

- Une **équation « produit-nul »** est une équation qui se présente sous la forme d'un **produit égal à 0**.

  EXEMPLES $x(2x + 3) = 0$ et $(2x - 9)(x + 11) = 0$ sont des équations produits-nuls.

- Pour trouver les solutions d'une équation « produit-nul », on utilisera la **propriété** :
  « Un produit est nul à condition qu'au moins un de ses facteurs soit nul. »

  Si $A \times B = 0$, alors $A = 0$ ou $B = 0$.

EXEMPLE Résoudre $(2x - 9)(x + 11) = 0$

(1) On reconnaît une équation « produit-nul ».

(2) Si $A \times B = 0$, alors $A = 0$ ou $B = 0$.

(3) $(2x - 9)(x + 11) = 0$

donc	$2x - 9 = 0$	ou	$x + 11 = 0$
donc	$2x - 9 + 9 = 0 + 9$	ou	$x + 11 - 11 = 0 - 11$
donc	$2x = 9$	ou	$x = -11$
donc	$\frac{2x}{2} = \frac{9}{2}$	ou	$x = -11$
donc	$\boldsymbol{x = 4{,}5}$	ou	$\boldsymbol{x = -11}$

(4) L'équation a donc **deux solutions** : 4,5 **et** −11.

On se ramène à deux équations de degré 1 que l'on sait résoudre séparément (pour la résolution d'équations de degré 1, voir page 14).

Attention ! Ne développe pas une équation produit-nul : tu obtiendrais une équation de degré 2 que tu ne saurais pas résoudre.

1 Résous les équations produits-nuls en t'aidant des étapes de l'exemple.

a) (1) $(3x - 21)(4x + 32) = 0$

(2) Si $A \times B = 0$ alors ....

(3) Donc .... ou ....

Donc .... ou ....

....

....

(4) Les solutions sont .... et ....

b) $(5x + 12)(10x - 4) = 0$

Si ....

....

....

....

....

....

....../8

2 **Retrouve mentalement les solutions des équations parmi les nombres proposés, et écris-les. (Chaque nombre proposé peut être utilisé plusieurs fois.)**

Équation	Solutions
a) $(5 - x)(x - 7) = 0$	....
b) $(x + 5)(x - 4) = 0$	....
c) $(-5x)(4x + 28) = 0$	....

Équation	Solutions
d) $(2x + 14)(3x + 15) = 0$	....
e) $(x + 4)(5x + 20) = 0$	....
f) $(3x - 12)(7 - x) = 0$	....

...... / 6

3 **Factorise avec la distributivité simple pour résoudre.**

Si besoin, reporte-toi à la page 10 pour factoriser.

a) Factorise $M = (x + 1)(3x - 5) + (x + 1)(13 - 7x)$.

....

....

b) Résous $M = 0$. ....

....

...... / 3

4 **Résous une équation de la forme $x^2 = a$, où a est un nombre positif.**

a) Montre que l'équation $x^2 = 121$ équivaut à l'équation $x^2 - 121 = 0$.

....

b) Factorise l'expression $x^2 - 121$ en utilisant une identité remarquable.

Si besoin, reporte-toi à la page 12 pour factoriser.

....

c) Résous l'équation $x^2 = 121$.

....

Retiens que, quand a est positif, l'équation $x^2 = a$ admet **deux solutions** : $\sqrt{a}$ **et** $-\sqrt{a}$.

...... / 3

Le total de mes points est .... / 20

FORCE 3

9 Mettre un problème en équation et le résoudre

Observe et retiens

EXEMPLE

En Anglais, Roxane a eu les notes suivantes : 11 ; 9 ; 13 ; 12.
Quelle note doit-elle avoir à son prochain devoir pour avoir 12 de moyenne ?

① **Choisis l'inconnue**. Elle est souvent suggérée dans la question. On la note avec une lettre, généralement x.	On pose x la note de Roxane à son prochain devoir.
② **Exprime les données du problème** à l'aide de l'inconnue.	Moyenne des cinq notes : $(11 + 9 + 13 + 12 + x) \div 5 = (45 + x) \div 5$
③ **Établis l'équation.**	$(45 + x) \div 5 = 12$
④ **Résous l'équation.** Si besoin, reporte-toi aux pages 14 et 16.	$[(45 + x) \div 5] \times 5 = 12 \times 5$ $45 + x = 60$ $45 + x - 45 = 60 - 45$ Donc $x = 15$.
⑤ **Réponds à la question posée.**	Roxane doit avoir 15 à son prochain devoir.

Mettre un problème en équation, c'est appliquer les étapes ① ; ② et ③.

1 Quelle équation faut-il résoudre pour trouver l'âge de Léo ?

Cette année, Carine a le triple de l'âge de son fils Léo.
Dans 15 ans, Carine aura le double de l'âge de Léo.

① **Choix de l'inconnue** : ....

② **Données du problème** :

- Âge de Léo dans 15 ans : ....
- Âge de Carine cette année : ....
- Âge de Carine dans 15 ans : ....

③ **Équation à résoudre** : ....

...... / 5

2 **Résous ce problème en utilisant le tableau ci-dessous.**

Un confiseur propose un ballotin de 5 chocolats, 3 marrons glacés, 4 pralinés et 6 caramels, pour 10,60 €.
Un marron glacé coûte le double d'un chocolat ;
un praliné coûte 0,50 € de moins qu'un marron glacé ;
un caramel coûte trois fois moins cher qu'un chocolat.

Retrouve le prix de chaque confiserie.

① On appellera x le prix d'un chocolat.

Données du texte	② Expressions littérales	⑤ Valeurs numériques
Prix d'un chocolat	x	....
Prix d'un marron glacé	....	....
Prix d'un	....	....
Prix d'un	....	....
Prix de 5 chocolats	....	....
Prix de 3 marrons glacés	....	....
Prix de	....	....
Prix de	....	....
Prix total d'un ballotin	....	10,60

③ **Équation à résoudre :** ....

④ **Résolution de l'équation :** ....

....

...... / 10

3 **Résous ce problème en appliquant la méthode de la page précédente.**

Lors d'un tournoi de pétanque, les 3 meilleures équipes sont récompensées avec une prime de 440 € à se partager. Les premiers obtiennent 75 € de plus que les deuxièmes, qui obtiennent 85 € de plus que les troisièmes. Quel est le gain de chaque équipe ?

① ....

② ....

....

③ ....

....

④ ....

....

....

⑤ ....

....

...... / 5

Le total de mes points est .... / 20

FORCE 1

10 Établir une formule

Observe et retiens

▶ Pour établir une formule dans le **domaine de la géométrie**, tu as besoin de connaître les formules suivantes :

	Triangle rectangle	Triangle quelconque	Parallélogramme	Cercle/disque
	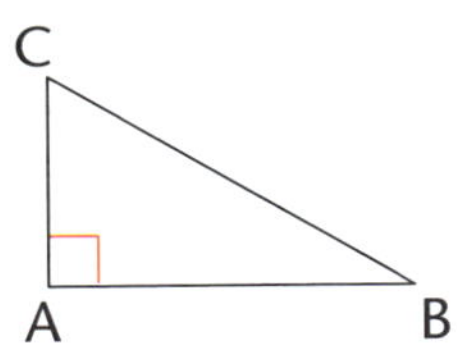	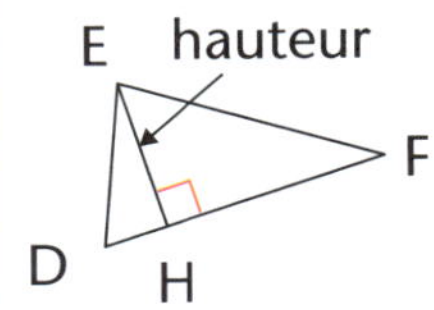	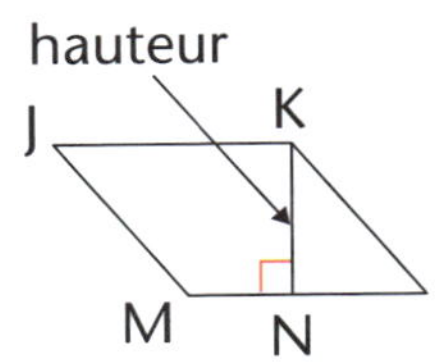	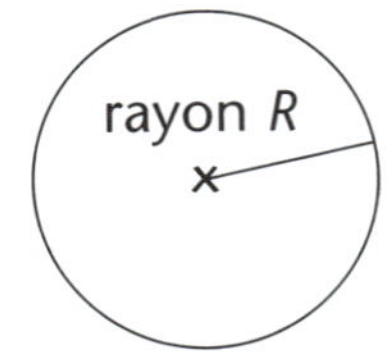
Périmètre =	AB + BC + CA	ED + DF + FE	$2 \times (JK + KL)$	$2 \times \pi \times R$
Aire =	$\frac{AB \times AC}{2}$	$\frac{DF \times EH}{2}$	$ML \times KN$	$\pi \times R^2$

▶ Pour établir une formule dans le **domaine du numérique**, tu dois savoir que :
- le nombre qui **suit** un nombre n s'écrit $n + 1$;
- le nombre qui **précède** un nombre n s'écrit $n - 1$;
- un nombre **pair** s'écrit $2n$, avec n un nombre entier quelconque ;
- un nombre **impair** s'écrit $2n + 1$, avec n un nombre entier quelconque.

EXEMPLE

Le carré d'un nombre impair s'écrit $(2n + 1)^2$, avec n un entier quelconque.

1 Exprime les périmètres des figures ci-dessous et simplifie ces expressions.

a)

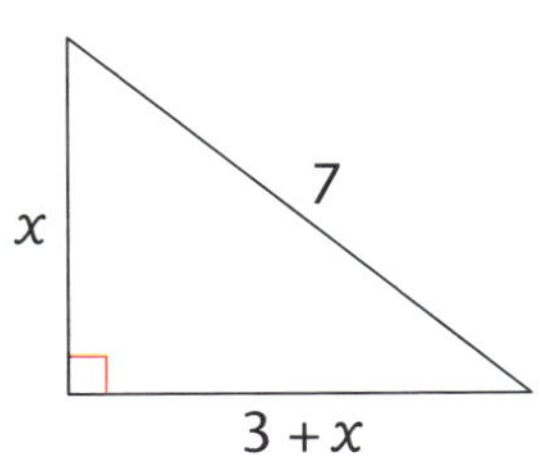

b)

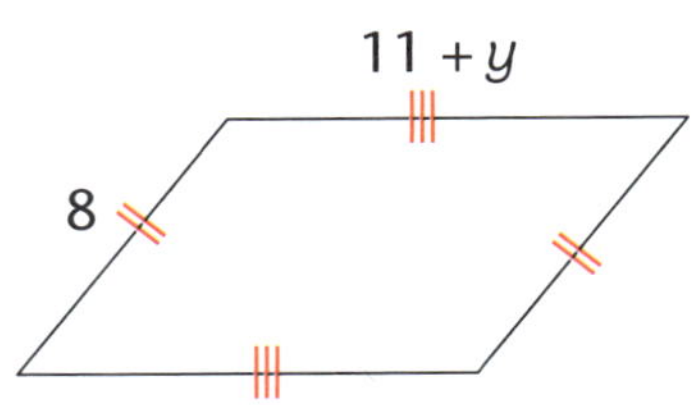

c)

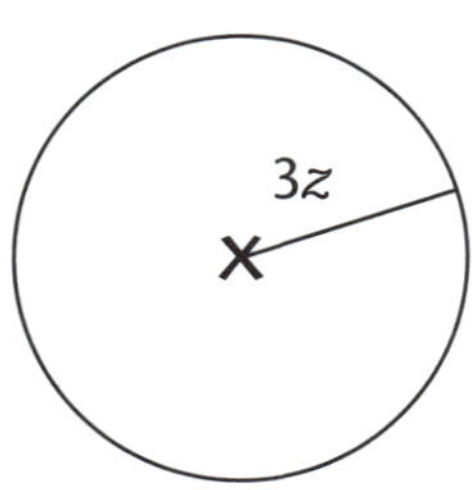

....

....

...... / 3

2 **Associe à chaque phrase l'expression littérale correcte parmi :**

$(2n)^2$ | $2n^2$ | $n + n + 1$ | $2n + 1$ | n^2

$3n$ | $2n - 1$ | $n(n + 1)$ | $2(2n - 1)$ | $2n$

- Le double d'un nombre : ....
- Le triple d'un nombre : ....
- Le carré d'un nombre : ....
- Le carré d'un nombre pair : ....
- Le double d'un nombre impair : ....
- Le double du carré d'un nombre : ....
- Le nombre qui précède un nombre pair : ....
- Le nombre qui suit un nombre pair : ....
- La somme de deux nombres consécutifs : ....
- Le produit de deux nombres consécutifs : ....

...... / 5

3 a) Établis une formule qui exprime l'aire de la partie jaune.

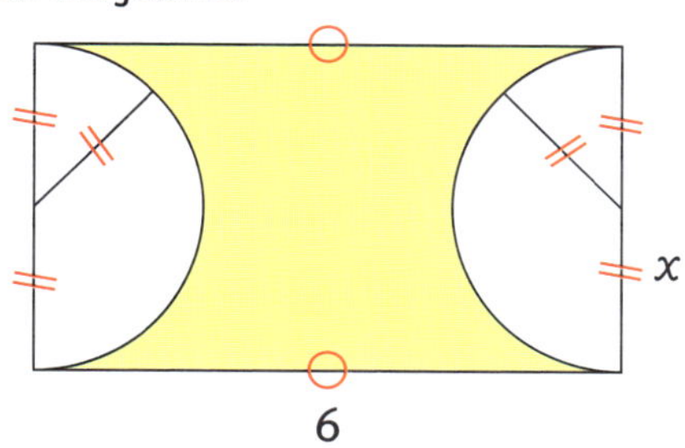

....

....

b) Établis une formule qui exprime l'aire de cette figure.

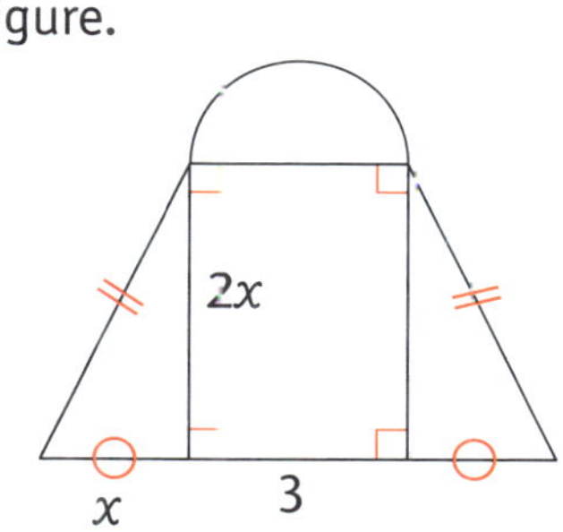

....

....

...... / 4

4 **À chaque jour, correspond un nombre de fleurs.**

a) Jour 1 : .... fleurs ; jour 2 : .... fleurs ; jour 3 : .... fleurs ; jour 4 : ...... fleurs.

b) Établis une formule permettant de calculer le nombre de fleurs N en fonction du jour J :

N = ...

c) Combien de fleurs y aura-t-il au jour 1 982 ? ....

...... / 3

Le total de mes points est .... / 15

FORCE 2

11 Utiliser une formule

Observe et retiens

MÉTHODE Pour utiliser une formule :

1. **Choisis la formule adaptée** au problème posé : elle peut être donnée dans l'exercice.
2. **Remplace les lettres** par les valeurs connues : il ne doit rester qu'une seule inconnue.
3. **Résous l'équation** obtenue (voir méthodes pages 14 et 16).

EXEMPLE

Trouver la hauteur h d'un cylindre dont le rayon R vaut 5 cm et le volume 1 099 cm^3. (Arrondir à l'unité.)

1. La formule pour calculer le volume d'un cylindre est : $\mathcal{V}_{\text{cylindre}} = \pi \times R^2 \times h$.
2. On remplace par les valeurs connues : $1\,099 = \pi \times 5^2 \times h$ donc l'inconnue est h.
3. On résout : $1\,099 = 25\pi \times h$ soit $\dfrac{1\,099}{25\pi} = \dfrac{25\pi \times h}{25\pi}$ donc $h \approx 14$ cm.

Tu dois faire **attention aux unités utilisées** dans les formules.

EXEMPLE

Dans la formule vitesse $= \dfrac{\text{distance parcourue}}{\text{temps}}$:

- si la distance est en mètres et le temps en secondes, alors la vitesse sera en m/s ;
- si la distance est en kilomètres et le temps en heures, alors la vitesse sera en km/h.

1 En utilisant la méthode précédente, retrouve la valeur manquante.

a) 1 La puissance électrique P est donnée par la formule : $P = U \times I$
avec P en watts (W), la tension U en volts (V) et l'intensité I en ampères (A).
Si $P = 60$ W et $U = 230$ V, quelle sera la valeur de l'intensité ?
(Arrondis au centième.)

2 ....

3 ....

b) Trouve la hauteur du triangle RST dont l'aire est 289 cm^2 et la mesure de la base RT est 34 cm.

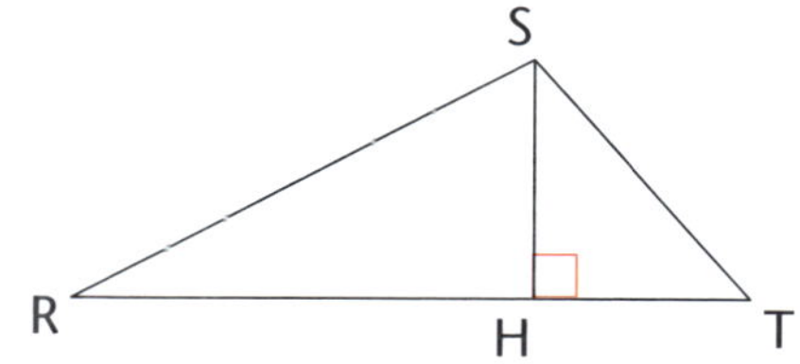

① ....

② ....

③ ....

...... / 8

2 Augustin roule avec un scooter pendant 18 minutes à la vitesse de 40 km/h. **Quelle distance parcourt-il ?**

Pour convertir 18 minutes en heures, aide-toi de ce tableau de proportionnalité :

Temps (minutes)	60	18
Temps (heures)	1	?

① ....

② ....

③ ....

....

...... / 4

3 **La masse volumique μ d'un matériau est la masse du matériau par unité de volume : $\mu = \frac{m}{V}$. La masse volumique du cuivre est 8,96 g/cm^3.**

La fabrication d'un moule à cannelé utilise 39 g de cuivre.

Quel volume de cuivre cela représente-t-il ? (Arrondis au centième.)

① ....

② ....

③ ....

....

...... / 4

4 **Une pyramide à base carrée a un volume de 100 dm^3 et une hauteur de 12 dm.**

- $\mathcal{V}_{\text{pyramide}} = \frac{\mathcal{A}_{\text{base}} \times \text{hauteur}}{3}$
- Si $a^2 = 49$ alors $a = 7$ ou $a = -7$ (voir exercice 4 page 17).

a) Quelle est l'aire de la base de la pyramide ?

....

....

b) Déduis-en la longueur du côté c de la base.

....

...... / 4

Le total de mes points est .... / 20

FORCE 3

12 Démontrer à l'aide du calcul littéral

Observe et retiens

- « **Montrer que** », « **Démontrer** », « **Justifier** », « **Prouver** » sont des consignes similaires, qui demandent un raisonnement mathématique argumenté.
- **Méthode sur deux exemples :**

• EXEMPLE 1

La somme de trois entiers consécutifs est-elle toujours divisible par 3 ?

① **Teste** pour quelques valeurs numériques simples.	• $2 + 3 + 4 = 9$ • $10 + 11 + 12 = 33$ Les deux sommes sont bien divisibles par 3. Cela **confirme l'affirmation**, mais ne la prouve pas pour tous les entiers qui existent…
② Établis une **conjecture** : « Il semble que… »	**Il semble que** la somme de trois entiers consécutifs soit bien divisible par 3.
③ **Traduis/modélise** le problème à l'aide du calcul littéral, et tente de **démontrer** la conjecture. Elle peut, malgré tout, être fausse.	On appelle N le 1er nombre. Les deux suivants sont $N + 1$ et $N + 2$. La somme est : $N + (N + 1) + (N + 2)$ $= N + N + 1 + N + 2 = 3N + 3$ $= 3 \times (N + 1)$
④ **Conclus.**	Oui, la somme de trois nombres entiers consécutifs est **toujours** divisible par 3.

• EXEMPLE 2

Un multiple de 3 est-il toujours impair ?

①	• 9 est divisible par 3 et il est bien impair. • 6 est divisible par 3 MAIS il est pair. Cela **contredit l'affirmation** : on a trouvé un **contre-exemple**. On peut déjà conclure.
④	Non, un multiple de 3 n'est **pas toujours** impair.

Un **contre-exemple** est un exemple pour lequel le résultat attendu n'est pas vrai.
Quand on trouve un contre-exemple à l'étape 1, on peut directement passer à l'étape 4.

1 **Flavie remarque que si on applique le programme suivant, on obtient toujours le nombre choisi au départ. Elle dit : « C'est magique ! »**

(1) Teste ce programme pour les valeurs 2 et 10.

• Choisir un nombre.	2	10	(3) ....
• Lui ajouter 2.	....	....	....
• Multiplier le résultat précédent par le nombre de départ.	....	....	....
• Soustraire le carré du nombre de départ.	....	....	....
• Diviser le résultat précédent par 2.	....	....	....

(2) **Conjecture :** Il semble que ....

(3) **Modélisation et démonstration :** Applique le programme à un nombre noté n.

....

(4) **Conclusion :** ....

...... / 8

2 **Utiliser le tableur pour tester et conjecturer.**

a) D'après le tableau suivant, il semble que $f(x) = 6$ pour tout nombre x.
Montre que c'est faux à l'aide d'un contre-exemple.

	A	B	C	D	E
1	x	–2	–1	1	2
2	$f(x) = x^4 - 5x^2 + 10$	6	6	6	6

(1) ....

(4) ....

b) D'après le tableau suivant, il semble que $g(x) = 2 \times h(x)$ pour tout nombre x.
Démontre cette conjecture, en utilisant les distributivités simple et double.

	A	B	C	D	E
1	x	–2	–1	1	2
2	$g(x) = (2x - 6)(x + 5)$	–30	–32	–24	–14
3	$h(x) = x^2 + 2x - 15$	–15	–16	–12	–7

(3) • $g(x) =$ .... • $2 \times h(x) =$ ....

$g(x) =$ .... $2 \times h(x) =$ ....

(4) ....

...... / 7

Le total de mes points est .... / 15

BILAN

Résoudre des équations

1 Je simplifie et je réduis une expression

$A = 3x^2 - (2x + 7 + x^2) + (4 - 2x^2) =$ .... / 3

....

2 Je développe et réduis puis détermine la nature de fonctions

Rappel : Une **fonction linéaire** est de la forme $u(x) = ax$ et une **fonction affine** est de la forme $v(x) = ax + b$ où a et b sont des nombres relatifs.

	Affine ?	Linéaire ?
$f(x) = 2x(x - 7) + x(3 - 2x) =$	....	....
$g(x) = (3x - 4)(5x + 2) - 15x^2 =$	....	....
$h(x) = (2x + 3)(2x - 3) =$	....	....

...... / 6

3 Je factorise et je simplifie des expressions

a) $B = 56x^2 - 40xy + 72x$

$B =$ ....

b) $C = (5a - 1)(a + 4) - (3a - 5)(5a - 1)$

$C =$ ....

...... / 4

4 Je résous des équations du premier degré

a) $12x - 4 = 5x - 3$

....

....

....

....

b) $-3x + 7{,}4 = -5x - 33$

....

....

....

....

...... / 4

5 J'utilise une équation produit-nul

Voici un script Scratch.

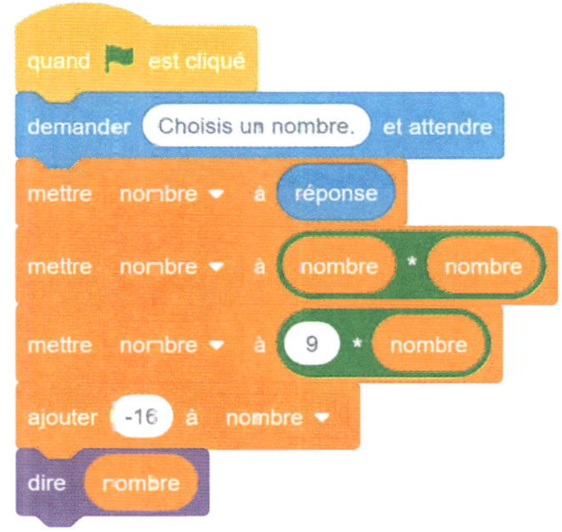

a) Si on appelle x le nombre choisi au départ, donne une expression du résultat R de ce programme.

R = ...

b) Factorise l'expression R avec une identité remarquable.

....

c) Pour quelle(s) valeur(s) de x, le script affichera-t-il 0 ?

..../4

6 Je résous un problème à l'aide d'une équation

Deux cinémas proposent chacun une carte de tarif réduit.

CINÉ PASS : 20 €/an puis 7 € la place	**CINÉ MAXI :** 46 €/an puis 5 € la place

a) Complète les prix :	Avec CINÉ PASS	Avec CINÉ MAXI
Pour N places	....	....
Pour 10 places	....	....
Pour 15 places	....	....

b) On cherche N pour que les prix CINÉ PASS et CINÉ MAXI soient identiques.

Écris l'équation correspondante : ....

Résous cette équation : ....

..../6

7 Je démontre une propriété à l'aide du calcul littéral

Propriété : « Le produit d'un nombre pair par un nombre impair est toujours un nombre pair. »

a) Teste cette propriété avec des nombres de ton choix.

....

b) On note le nombre pair $2n$ et le nombre impair $2p + 1$. Démontre la propriété. ....../3

....

Le total de mes points est .... / 30

Maquette : Pictorus, Primo&Primo
Mise en page : Facompo, Rouen
Illustrations : Patrick Chenot, Patrick Morize (dessins de la chouette)
Édition : Stéphanie Herbaut

Achevé d'imprimer en Espagne par Macrolibros à Valladolid
Dépôt légal : 09537-3/01 - Janvier 2023

PAPIER À BASE DE FIBRES CERTIFIÉES

Hatier s'engage pour l'environnement en réduisant l'empreinte carbone de ses livres. Celle de cet exemplaire est de :
200 g éq. CO_2
Rendez-vous sur www.hatier-durable.fr